Farm Dog Martha

MARTHA HABLA

Martha, la perra pastora

Adaptation by Karen Barss | Adapto por Karen Barss

Based on a TV series teleplay by Peter K. Hirsch

Basado en un programa de televisión escrito por Peter K. Hirsch

Based on the characters created by Susan Meddaugh

Basado en los personajes creados por Susan Meddaugh

Translated by Carlos E. Calvo | Traducido al español por Carlos E. Calvo

HOUGHTON MIFFLIN HARCOURT

Boston • New York

ISBN: 978-0-544-64103-7 paper-over-board
ISBN: 978-0-544-64107-5 paperback

www.hmhco.com
www.marthathetalkingdog.com

Manufactured in Malaysia
TWP 10 9 8 7 6 5 4 3 2 1
4500570272

AGES	GRADES	GUIDED READING LEVEL	READING RECOVERY LEVEL	LEXILE® LEVEL	SPANISH LEXILE® LEVEL
5 – 7	K – 2	J	17	360L	400L

Martha is going to C.K.'s farm.

"I'm going to love the farm," she says. "I think."

Martha va a la granja de C.K.

—La granja me va a encantar —dice—. Eso creo.

"Can I help with the farm chores?" Martha asks.
"Sure! We'll herd the sheep and feed the chickens,"
says C.K.
Those chores sound like fun. Martha cannot wait
to begin.

—¿Puedo ayudar con las tareas de la granja?
—pregunta Martha.
—¡Claro! Vamos a arrear las ovejas y a darles de
comer a los pollos —dice C.K.
Esas tareas parecen divertidas. Martha no ve la hora
de comenzar.

It is late when they arrive at the farm.
Martha hears a scary howl.
"What was that?" asks Martha.
"Probably just the hound dog who lives next door,"
C.K. says.

Cuando llegan a la granja ya es tarde.
Martha escucha un aullido aterrador.
—¿Qué fue eso? —pregunta.
—Probablemente sea el perro sabueso de la casa de
al lado —responde C.K.

C.K. wakes Martha early in the morning.
"Rise and shine," he says.
"But it is still dark!" Martha cries.

Por la mañana temprano, C.K. despierta a Martha.
—¡Arriba! —le dice.
—¡Pero si todavía está oscuro!
—se queja Martha.

Farm chores begin before the sun rises.
Their first task is to herd the sheep from
the pen to the pasture.

Las tareas de la granja comienzan antes
que salga el sol.
La primera tarea es arrear las ovejas desde
el corral hasta el pastizal.

"Sheep are stubborn," says C.K.
But Martha tells them to go through the gate,
and they do!
No problem.

—Las ovejas son tercas —dice C.K.
Pero Martha les dice que salgan por la tranquera,
¡y le hacen caso!
No hay ningún problema.

"Good job, Martha," C.K. says.
"Now you keep the sheep in the pasture.
I will go milk the cows."

—Bien hecho, Martha —le dice C.K.
—Quédate con las ovejas en el pastizal.
Yo iré a ordeñar las vacas.

"Eat as much as you want but stay in the pasture," Martha says.
The sheep walk into the woods.
"Hey, come back!"

—Coman todo lo que quieran, pero quédense en el pastizal —les dice Martha.
Pero las ovejas se van al bosque.
—¡Ey! ¡Regresen!

The sheep tell Martha the woods are part of the pasture, and she believes them. Martha goes to see what other chores she can do.

Las ovejas le dicen a Martha que el bosque es parte del pastizal, y ella les cree. Martha se va a ver qué otras tareas puede hacer.

Martha goes to the hen house. "Any chores
for me here?" she asks.
The hens want Martha to sit on their eggs.
No problem.

Martha va al gallinero.
—¿Hay algo que pueda hacer aquí? —pregunta.
Las gallinas quieren que Martha se siente en
sus huevos.
No hay ningún problema.

The hens leave the hen house.

Martha sits. "Nice and toasty," she says.

Martha sees a newspaper on the floor.

What a mean-looking dog, she thinks.

Las gallinas salen del gallinero.

Martha se sienta. —¡Qué calentito! —dice.

Martha ve un periódico en el suelo.

Qué malo parece ese perro, piensa.

C.K. goes home when his chores
are done. Sheep and chickens
are everywhere.
This is a problem.
"They tricked me!" says Martha.

Cuando C.K. termina con sus tareas,
vuelve a casa. Las ovejas y los
pollos están por todas partes.
Esto sí que es un problema.
—¡Me engañaron! —dice Martha.

That night, Martha hears the sheep cry.
They're trying to trick me again, she thinks.
But then she hears the scary howl . . .
Martha runs to the pasture. She finds
the mean-looking dog in the pen.
The sheep are trapped!

Esa noche, Martha escucha gritar
a las ovejas. *Quieren engañarme
de nuevo,* piensa. Pero luego oye
el aullido aterrador...
Martha sale corriendo para el pastizal.
Encuentra al perro malo en el corral.
¡Las ovejas están encerradas!

When Martha opens the gate for the sheep,
she gets locked in the pen.
The mean-looking dog comes closer. It is a coyote!

Cuando Martha abre la tranquera para que salgan
las ovejas, queda encerrada en el corral.
El perro malo se acerca. ¡Es un coyote!

Martha is brave. She barks. She growls.
The coyote runs away. The sheep are safe.

Martha es valiente. Ladra. Gruñe.
El coyote se va. Las ovejas están a salvo.

"Thank you for saving the sheep," C.K. says.
"You are a great farm dog, Martha."
Martha smiles.
"It was no problem!"

Gracias por salvar a las
ovejas —le dice C.K.—. Eres
una gran perra pastora, Martha.
Martha sonríe.
—¡No hubo ningún problema!

Martha thinks farm chores are fun. Would you like to work on a farm? Your first task is to put the animals back where they belong.

Martha piensa que las tareas de granja son divertidas. ¿Te gustaría trabajar en una granja? Tu primera tarea es poner cada animal en el lugar donde pertenece.

chore   herd   pasture   rise

Did you notice these new vocabulary words in the story? Do you know what they mean? Look for clues in the text to help you understand their meanings.

tarea   arrear   pastizal   arriba

¿Te fijaste en estas palabras nuevas en el cuento? ¿Sabes lo que significan? Busca pistas en el texto como ayuda para saber su significado.

Unscramble these words. Then use them to finish the sentences.

RHED   TEARSPU   EHCRO   EIRS

_____ and shine!

Martha learned how to _____ the sheep.

Milking the cows is a farm _____.

The sheep spend their time in the _____ .

Ordena las letras de cada palabra. Luego completa con ellas cada oración.

EARRRA   TLISAZPA   RAEAT   BARIAR

C.K. despierta a Martha y le dice

¡_____!

Martha aprende a _____ las ovejas.

Ordeñar las vacas es una _____

de granja.

Las ovejas pasan tiempo en el _____.